— האָט ער מיך פּלוצלינג געפֿרעגט, ער האָט דערזען, אַן די פּאַפּירן זײַנען אָנגעשריבן רוסיש.

— איך קען.

— אַי — אַי, וואָיל! זעט איר! איך לערן מיך רוסיש. איך האָב נישט קיין גוטע אויסשפּראַך, איר וועט ריידן מיט מיר רוסיש? איר וועט מיר צוווייַזן, מײַן ליבער פֿרײַנט? אי — אי — וואָיל! איר וועט מיר צוווײַזן?

ער האָט ווידער געמאַכט די פֿריִערדיקע מינע: געשמייכלט; נאָר אין זײַן בליק אין איצט שוין געווען עפּעס אַ קינדערשע בקשה; ער האָט געבעטן, ווי אַ קינד בעט בײַ די עלטערן אַ גראָשן.

נאָך דעם האָט ער שוין ביז הײַנט זייער זעלטן גע־רעדט מיט מיר ייִדיש. רעדן רעדט ער רוסיש זייער שלעכט מיט אַ סך גרײַזן, און ער וויל אויסנוצן די צײַט, וואָס איך פֿאַרברענג מיט אים, אויף אויסצובעסערן אים די גרײַזן. נאָך יעדער פֿאַרבעסערונג הער איך:

— אַי — אַי — אַי, ספּאַסיבאָ, ספּאַסיבאָ! (איך דאַנק, איך דאַנק) ווי כאַראָשי גאָספּאָדין! (איר זײַט אַ גוטער הער).

איבערהויפּט, אַז ער רעדט מיט מיר, צי מיט עמעצן אַן אַנדערן, רופֿט ער יענעם אָן „הער“ אָדער „גנע־דיגער הער“. מײַנע באַמערקונגען, אַז אויף רוסיש זאָגט מען פֿראָסט „איר“, העלפֿן נישט. ער טראַכט זיך אַוודאי אַזוי: „אַז מען קאָן טאָן אַ טובֿה יענעם און זאָגן

laissait offrir une cigarette, c'était uniquement pour me faire plaisir. Mais j'ai appris par la suite que je n'étais pas le seul à bénéficier de ce privilège. Il aime beaucoup fumer, comme tous les anxieux (son visage et ses mouvements sont pleins d'anxiété), mais il ne va pas jusqu'à acheter ses propre cigarettes, il est bien trop pingre pour ça.

Quand la propriétaire qui occupe les deux autres chambres est venue nous demander une allumette, cela m'a fait sursauter, car Finkelman, soudain fébrile, a bondi sur ses pieds et, d'un geste preste, m'a arraché les allumettes des mains pour les tendre à notre logeuse avec la même mine souriante que nous lui connaissons : « Une allumette ? a-t-il précipitamment répondu en cabriolant à chaque mot. Une allumette ? Tenez ! Prenez-en plusieurs, prenez ! Ce ne coûte rien, ça ne coûte rien ! »

C'était vendredi. Finkelman, qui enseigne la langue sacrée, avait fini de travailler. Il était étendu sur son lit et lisait des feuillets épars, tirés d'une vieille revue russe. Il m'a raconté qu'il les avait trouvés dans une boutique où

גנעריגער הער — מהיכא תיתא, פֿאַרוואָס נישט?“

מיר האָבן זיך געזעצט בײַם טיש און פֿאַררייכערט פּאַפּיראָסן. פֿינקעלמאַן האָט מיר געזאָגט, אַן נאָר מיר צוליב רייכערט ער און לאָזט זיך מכבד זײַן מיט אַ פּאַפּיראָס. דערנאָך בין איך אָבער געוואָר געוואָרן, אַן נישט נאָר מיר אַליין טוט ער די טובֿה. רויכערן, פֿאַרשטיי איך, האָט ער זייער ליב, ווי אַלע נערוועזע (זײַן פּנים און זײַנע באַוועגונגען זײַנען זייער נערוועז), נאָר ער פֿאַרגינט זיך נישט צו קויפֿן: ער איז זייער אַ קאַרגער.

די בעל־הביתטע פֿון די ערשטע צוויי צימערן איז אַרײַנגעקומען בעטן אַ שוועבעלע, און איך בין דער־רשראָקן געוואָרן, ווײַל פֿינקעלמאַן איז פּלוצלינג אויפֿגעשפּרונגען מיט אַ אימפּעט, אַרויסגעריסן זייער געשיקט די שוועבעלעך פֿון מײַן האַנט און האָט זיי דער־רלאַנגט דער בעל־הביתטע מיט דער זעלבער מינע און מיטן זעלבן שמייכל, וואָס איך האָב ערשט דאָ דער־מאָנט:

— אַ שוועבעלע? — האָט ער גערעדט מיט אַן אײַלעניש און איז אונטערגעשפּרונגען בײַ יעדן וואָרט — אַ שוועבעלע? אַ? נאַט אײַך! נעמט נאָך אַ פּאָר, נעמט! ס׳שאַדט נישט, ס׳שאַדט נישט!

דאָס איז געווען פֿרײַטיק. פֿינקעלמאַן, וואָס באַ־שעפֿטיקט זיך מיט לשון־הקדשע לעקציעס, איז שוין

ils servaient de papier d'emballage. Comme il apprenait le russe et avait en sa possession un dictionnaire, il en avait fait l'acquisition pour trois kopeks.

— Le diable les emporte ! s'écriait-il, en me faisant le récit de sa mésaventure. De la pure escroquerie ! Pour trois kopeks, on peut avoir une livre entière de papier d'emballage. Regardez, mon cher ami – et il me fourrait les feuillets dans la main – regardez, cela pèse tout au plus un quart de livre. De la pure escroquerie !

Et comme il disait ces mots, son visage se distordait en une telle grimace qu'il faisait réellement peine à voir.

Étendu sur le lit, il lisait à voix haute et, à chaque instant, me demandait la signification d'un mot. C'était un article d'économie et de statistiques. Il n'en comprenait guère le contenu, ce qui le contrariait beaucoup.

Je me suis vite fatigué de lui en expliquer le vocabulaire. Pour chaque mot, il me fallait développer de longs commentaires, tout en prenant garde à ne pas avoir recours à un terme que Finkelman aurait jugé pédant.

געוועזן פֿרײַ. ער האָט זיך געלייגט אויפֿן בעטל און געלעזן עפּעס אַ פּאָר צעשיטע רוסישע בלעטער פֿון אַן אַלטן זשורנאַל. ער האָט מיר דערציילט, אַז די בלעטער האָט ער געפֿונען אין אַ געוועלב, ווו זיי זײַנען געבראַכט געוואָרן אויף פּאַק־פּאַפּיר, און ווײַל ער לערנט זיך רוסיש און האָט אַ רוסישן ווערטערבוך, האָט ער זיי אָפּגעקויפֿט פֿאַר דרײַ קאָפּיקעס.

— אַ שוואַרץ יאָר! — האָט ער געזאָגט, דערציילנדיק מיר וועגן דעם, — נאָר אויסצורײַסן יע־נעם! אַ גאַנץ פֿונט פּאַק־פּאַפּיר קויפֿט מען פֿאַר דרײַ קאָפּיקעס. זעט, מײַן ליבער פֿרײַנט (ער האָט די בלעט־ער מיר דערלאַנגט אין דער האַנט אַרײַן), זעט, ס׳וועגט אין גאַנצן אפֿשר אַ פֿערטל פֿונט, — נאָר אויסצורײַסן יענעם!

און בײַ די לעצטע ווערטער האָט ער אַזוי פֿאַרק־רימט זײַן פּנים, אַז ס׳איז באמת אַ רחמנות געווען צו קוקן אויף אים.

ער איז געלעגן און האָט געלעזן הויך אויפֿן קול, און אַלע מינוט געפֿרעגט אַן אַנדער וואָרט. דער אַרטיקל, וואָס ער האָט געלעזן, איז געווען אַן עקאָנאָמיש־סטאַטיסטישע. ער האָט גאָר ווייניק פֿאַרשטאַנען דעם אינהאַלט און האָט דערפֿון געהאַט גרויס עגמת־נפֿש.

איך בין באַלד מיד געוואָרן אים צו פֿאַרטײַטשן די ווערטער. בײַ יעדן וואָרט האָב איך געבראַכט

Sinon, il me tenait rancune de ce mot nouveau qu'il entendait pour la première fois par ma bouche. En fait, j'ai remarqué que les aptitudes ne lui manquaient pas ; sa tête bien faite, façonnée pour l'étude talmudique, saisissait tout avec adresse, habileté et précision. À chaque explication, il souriait et remerciait dans sa langue à lui, secouant la tête, plissant le front, mais il y avait dans ses yeux une lueur féline, un peu fausse, un peu rusée…

Pour me rendre la tâche plus facile, je lui ai proposé de lire un ouvrage de Dostoïevski que j'avais dans ma malle, *Crime et Châtiment*. Finkelman a sauté à bas du lit avec enthousiasme et, de joie, m'a secoué les épaules des deux mains, répétant toujours la même chose, dans sa langue à lui :

— *Spasiba, spasiba* ! *Vi kharoshi gospodin* !

Ses bras et ses jambes tressautaient et il était si ébahi qu'il frétillait tout entier comme un poisson.

Il ne m'a pas laissé le temps d'aller jusqu'à la malle. Il m'a arraché la clé des mains, a défait le verrou et s'est mis à farfouiller dedans. Et moi je restais là comme un golem, comme une

אויסצורעדן זייער פּיל, דערצו האָב איך מיך געמוזט היטן נישט צו באַנוצן אין מײַנע רייד עפּעס אַזאַ וואָרט, וואָס פּינקעלמאַנען קאָן עס אויסזען קליגלעך. אַז נישט — האָט ער געמאַכט אַ טענה וועגן דעם נײַעם וואָרט, וואָס ער האָט ערשט געהערט פֿון מיר.

באַמערקט האָב איך אייגנטלעך, אַז פֿעיִקייטן האָט ער גאָרנישט קיין שלעכטע: זײַן גמרא־קאָפּ האָט אַלץ תּופֿס געווען פֿלינק, געשיקט און אין תּוך אַרײַן. נאָך יעדער דערקלערונג האָט ער געשמייכלט און געדאַנקט אויף זײַן לשון, צוגעשאָקלט מיטן קאָפּ, געצויגן מיטן שטערן, נאָר די אויגן זײַנע האָבן געקוקט עפּעס אַ ביסל מיט אַ קאַצן־בליק, אַ ביסעלע פֿאַלש, איבערשפּיציק אַזוי...

כּדי איך זאָל מיר פֿאַרלײַכטערן די אַרבעט, האָב איך אים פֿאָרגעלייגט דאָסטאָיעווסקיס אַ בוך צו לעזן: „דאָס פֿאַרברעכן און די שטראָף", וואָס איך האָב געהאַט בײַ מיר אין קעסטל. פּינקעלמאַן איז מיט גרויס פֿרייד אַראָפּגעשפּרונגען פֿון בעטל, און מיט זײַנע הענט האָט ער מיך אָנגעכאַפּט פֿאַר מײַנע אַקסלען און מיך געטרייסלט פֿאַר שׂמחה, זאָגנדיק און איבערזאָגנדיק עטלעכע מאָל אין דעם שפּראַך זײַנעם :

— ספּאַסיבאָ, ספּאַסיבאָ ! ווי כאַראָשי גאָספּאָרין !

הענט און פֿיס האָבן אונטער אים געציטערט,

bûche, furieux contre moi-même. Mon esprit était, je crois, tout entier englué dans une seule pensée : « Mais qu'est-ce qu'il fabrique ?! Il fouille dans ma malle, rien que ça ! » Mais je n'avais pas envie de me disputer. Assis par terre, il envoyait valser un livre après l'autre avec toutes mes affaires.

Il s'est attaqué à Dostoïevski et les questions ont repris de plus belle. À chaque ligne ou presque, j'en avais pour plusieurs minutes. Quand j'ai mis mon manteau pour sortir, Finkelman m'a regardé d'un air suppliant :

— Où donc allez-vous ? a-t-il demandé.

— Je dois partir.

— Écoutez, s'est-il lamenté, je n'ai pas une minute pour lire de toute la semaine ; je suis occupé du matin au soir, je donne dix leçons par jour... Restez ici ! Allons, qu'est-ce que cela vous fait ? Vous êtes pourtant un bon monsieur ! Écoutez, où allez-vous ?

Mais je tenais à partir et Finkelman, je le voyais bien, m'en voulait beaucoup. Il se mordait les lèvres comme quelqu'un à qui on a fait grand tort et qui ne peut pas se défendre. Il me regardait d'un air mi-surpris, mi-déçu.

געוואָרפֿן האָט ער זיך אין גאַנצן, ווי אַ פֿיש, אַזוי איבער־רראַשט אין ער געווען.

צום קעסטל האָט ער מיך נישט געלאָזט צוגיין, ער האָט מיר אַרויסגעכאַפּט דאָס שליסעלע פֿון דער האַנט, אויפֿגעשלאָסן דאָס שלעסל און גענומען רודערן ביי מיר אין קעסטל. איך בין געשטאַנען, ווי אַ גולם, ווי אַ קלאָץ עפּעס, און בין בייז געווען אויף מיר אַליין. דער גאַנצער מוח מיינער, אויב איך געדענק גוט, איז געווען באַשמירט מיט איין געדאַנק: „וואָס כאַפּט ער עפּעס?! מיין קעסטל, דוכט זיך!“ קריגן אָבער וויל איך מיר נישט. ער אין געזעסן אויף דער ערד און איבערגעוואָרפֿן איין בוך נאָכן אַנדערן און אַלע מיינע זאַכן.

ער האָט גענומען לעזן דאָסטאָיעווסקין און ווידער האָט ער אָנגעהויבן צו פֿרעגן. כּמעט ביי יעדער שורה האָב איך געהאַט אַ געטועכץ אויף עטלעכע מינוט. איך האָב מיר אָנגעטאָן מיין פּאַלטאָ און געוואָלט אַרויסגיין, פֿינקעלמאַן האָט אויף מיר געקוקט מיט אַ געבעט:

— ווו אַהין גייט איר? — האָט ער מיך געפֿרעגט.

— איך ברויך אַוועקצוגיין.

— זעט נאָר, — האָט ער גערעדט וויינענדיק, — אַ גאַנצע וואָך האָב איך קיין ציַיט נישט צו לעזן; פֿון אין דער פֿרי ביז אויף דער נאַכט בין איך פּאַרטון, צען לעקציעס האָב איך . . . זיצט אין דער היים! זעט נאָר, וואָס שאַט עס איַיך? איר זייט דאָך אַ גוטער הער! זעט

Ce qu'il pensait de moi était évident : « Quelle mauvaise engeance on trouve en ce monde ! Voilà quelqu'un qui pourrait rendre service sans que cela coûte un sou et qui ne s'en donne pas la peine ! »

Quand je suis revenu quelques heures plus tard, Finkelman était toujours allongé sur le lit, absorbé dans sa lecture. Il ne m'avait même pas entendu entrer. À dire vrai, je ne soupçonnais pas qu'il puisse éprouver autant d'intérêt pour un livre. Son visage avait pris une expression sévère, sans doute semblable à celle de Raskolnikov au moment du meurtre. On voyait clairement que ce n'était pas sa mémoire qui était au travail, comme lorsqu'il cherchait de nouveaux mots russes, mais qu'il lisait maintenant tout autrement ; ce qui était à l'œuvre, c'était son âme. Je me suis assis à table sans faire de bruit. Soudain, il a poussé un profond soupir, a levé les yeux et, en me voyant, a sauté à bas du lit et s'est précipité vers moi. Il était incapable de dire un mot : le livre avait vraiment dû l'affecter profondément. Puis il a grimacé des lèvres. Il avait voulu sourire, mais c'est quelque chose

נאָר, וווּהין גייט איר ?

איך האָב אָבער דווקא געוואָלט אַוועקגיין און פֿינקעלמאַנען, האָב איך געזען, האָט עס שטאַרק פֿאַרדראָסן אויף מיר. ער האָט געביסן די ליפּן, ווי איינער, וואָס מען האָט אים א גרויסע עולה געטאָן און קאָן זיך נישט אָפּוווערן. געקוקט האָט ער אויף מיר א ביסל מיט פֿאַרווּנדערונג, אַ ביסל מיט באַדויערונג. געטראַכט וועגן מיר האָט ער אַוודאי אַזוי: „וואָס פֿאַר אַ שלעכטע מענטשן עס זײַנען פֿאַראַן אויף דער וועלט !

מען קאָן א טובֿה טאָן און ס׳זאָל נישט קאָסטן קיין גראָשן געלט, און מען טוט נישט !“

אַן איך בין צוריקגעקומען אין עטלעכע שעה אַרום, איז פֿינקעלמאַן נאָך געלעגן אויפֿן בעט און ער איז זייער פֿאַרטיפֿט געווען אין לעזן. ער האָט אַפֿילו נישט געהערט, אַז איך בין אַרײַנגעקומען. דעם אמת זאָגנדיק, האָב איך דאַמאָלס נישט גערעכנט, אַז אַ בוך זאָל קאָנען דעם מענטשן אַזוי אינטערעסירן. זײַן פּנים האָט געהאַט אַ שטרענגען אויסדרוק, אַוודאי ווי ראַסקאָלניקאָוו בשעת ער האָט געהרגעט. עס אין לײַכט געווען צו דערקענען, אַז פֿאַרטון איז נישט איצט זײַן זכּרון, פֿאַר וועלכן ער זוכט נײַע רוסישע ווערטער, נאָר עפּעס אַנדערש גאָר לעזט ער איצט, און עס איז פֿאַרטון — די נשמה זײַנע. איך האָב מיך שטיל אַנידערגעזעצט בײַם טיש. פּלוצלינג האָט ער

d'autre qui est sorti. Quelque chose que je ne sais comment nommer.

À présent, c'est en yiddish qu'il parlait :

— Un futé celui-là, un vrai roublard !

Et il pointait du doigt le livre resté sur le lit.

— Futé, oui, il a un pouvoir diabolique ! Ah, si je pouvais écrire comme ça !

Voilà qui commençait à m'intéresser.

— Alors quoi ? ai-je demandé.

— Ah, si je pouvais écrire aussi bien, que croyez-vous, mon cher ami ? Je ne serais pas là ! Combien peut-il gagner pour un livre comme celui-ci ? Il est encore en vie ? Sûrement quelques centaines de roubles. Eh bien, mon cher ami ! je ferais tout de suite venir ma femme, vrai de vrai ! Que croyez-vous ? Une belle petite femme, je ne vous dis que ça, un « bijou »… La plus belle de toutes…

Il s'est lancé dans un répugnant discours que je ne veux pas répéter ici. Il a l'air de céder facilement aux passions : il est avare ; ses sangs s'échauffent pour un rien, et il en souffre beaucoup…

Des paroles qu'il a laissé échapper, j'ai appris qu'il avait une femme quelque part dans un

שוווער אָפּגעזיפּצט, אויפֿגעהויבן די אויגן, און אַז ער האָט מיך דערזען, איז ער אַראָפּגעשפּרונגען פֿון בעט און צוגעלאָפֿן צו מיר. ער האָט נישט געקאָנט רעדן: דער בוך האָט אים געמוזט זייער שאַרף אַרייַנקריכן אין האַרצן. דערנאָך האָט ער פֿאַרקרימט די ליפּן. געוואָלט האָט ער אַוודאי שמייכלען, נאָר אַרויסגעקומען איז גאָר עפּעס אַנדערש. איך ווייס נישט, ווי מען רופֿט עס אָן.

איצט האָט ער גערעדט ייִדיש:

— אַ ממזר־קאָפּ ! אַ גנבֿהשער קאָפּ !

— האָט ער גערעדט און געטייַט מיטן פֿינגער אויפֿן בוך, וואָס ער האָט געלאָזט ליגן אויפֿן בעט — אַ ממזר־קאָפּ, אַ שוואַרצע גבֿורה האָט ער! אַ ! אַז איך וואָלט געקאָנט אַזוי שרייַבן !

איך האָב מיך פֿאַראינטערעסירט.

— וואָס וואָלט געווען ? — האָב איך געפֿרעגט.

— אַ־אַ, אַז איך וואָלט געקאָנט אַזוי גוט שרייַבן — וואָס מיינט איר, מייַן ליבער פֿרייַנט ? וואָלט איך נישט דאָ געזעסן ! וויפֿל קאָן ער נעמען פֿאַר אַזאַ בוך ? ער לעבט נאָך ? אַוודאי אַ פּאָר הונדערט רובל. ע, מייַן ליבער פֿרייַנט ! איך וואָלט באַלד געבראַכט אַהער מייַן ווייַב: ווי איר זעט מיך ! וואָס מיינט איר ? אַ שיין ווייַבעלע, איך זאָג אייַך — אַ „צאַצקע“ . . . שענער פֿאַר אַלע . . .

ער האָט זיך אַרייַנגעלאָזט אין מיאוסע רייד, וואָס

shtetl de Lituanie – je ne me souviens plus du nom de l'endroit – et qu'il voulait divorcer, car on ne lui avait pas donné la dot.

La femme elle-même, il l'aime ; elle est très belle à ce qu'il dit. Mais il a son beau-père en horreur, car il l'a roulé et ne lui a pas donné un sou des trois cents roubles qu'on lui avait promis.

Finkelman prétend se venger de son beau-père en divorçant de sa femme : qu'il fasse d'elle ce qu'il voudra. Je soupçonne qu'il ne s'agit pas seulement de se venger : les trois cents roubles qu'il aurait pu avoir lui pèsent encore sur le cœur. Il m'a aussi raconté qu'il avait eu un enfant avec elle, mais que ce dernier était mort. Il ne l'avait jamais vu, car il était parti tout de suite après le mariage, quand il s'était rendu compte que son beau-père était un grand miséreux qui n'avait pas les moyens de lui donner le moindre rouble. Il était venu pour la circoncision, n'avait adressé la parole à personne, s'était contenté de donner un nom à l'enfant avant de repartir. La jeune accouchée, j'imagine, avait dû beaucoup pleurer.

Et comme il évoquait la mort de l'enfant, j'ai

איך וויל נישט דאָ איבערחזרן. ער אין דוכט זיך ליַידנשאַפּטלעך; קאַרג איז ער; זײַן בלוט צערייצט זיך גאָר לײַכט, — און ער לײַדט זייער דערפֿון . . .

פֿון די איבעריקע רייד זײַנע בין איך געוואָר געוואָרן, אַז ער האָט אַ ווײַב עפּעס אין אַ קליין שטעטל אין ליטע, איך געדענק נישט, ווי עס הייסט, און אַז ער וויל זיך גטן מיט זײַן ווײַב, ווײַל מען האָט אים נישט געגעבן קיין נדן.

דאָס ווײַב גופֿא האָט ער ליב, זי אין עפּעס גאָר אַ שיינע, לויט ווי ער זאָגט. נאָר דעם שווער האָט ער זייער פֿײַנט, ווײַל ער האָט אים אויסגענאַרט און נישט געגעבן קיין גראָשן פֿון די דרײַ הונדערט רובל, וואָס מען האָט אים צוגעזאָגט.

פֿינקעלמאַן זאָגט, אַז ער מוז זיך נוקם זײַן אין זײַן שווער און גטן דאָס ווײַב : לאָז ער מיט איר טון, וואָס ער וויל — איך בין זיך משער, אַז עס גייט אים נישט בלויז אין נקמה־נעמען : די דרײַ הונדערט רובל, וואָס ער האָט געקאָנט האָבן, דריקן אים אויפֿן האַרצן — ער האָט מיר נאָך דערציילט, אַז ער האָט שוין געהאַט אַ קינד מיט איר, נאָר ס'איז געשטאָרבן. דאָס קינד האָט ער נישט געזען, ווײַל ער איז באַלד נאָך דער חתונה אַוועקגעפֿאָרן, ווען ער איז נאָר געוואָר געוואָרן, אַז דער שווער איז אַ גרויסער אָרעמאַן און איז נישט אימשטאַנר צו געבן אַפֿילו איין רובל. געקומען איז ער אויפֿן ברית, נישט גערעדט מיט קיינעם, נאָר אַ נאָמען געגעבן

compris qu'il se réjouissait que celui-ci n'ait pas survécu. En parlant avec moi, il a même laissé échapper un « *slava bogu* » (Dieu soit loué). Mais en plein milieu, il s'est souvenu que c'était pousser un peu trop avant la sincérité et a ravalé son « *bogu* ». D'après moi, l'erreur vient de ce qu'il parle en russe : c'est un très grand effort pour son cerveau de s'exprimer en langue étrangère et c'est pourquoi il s'oublie en cours de route. Et s'il est satisfait de la mort de l'enfant, c'est pour une raison toute simple : il lui sera plus facile de divorcer.

Tout cela, je l'ai appris vendredi il y a trois semaines, quand j'ai emménagé ici. Depuis, je n'ai pas souvent eu l'occasion de discuter avec lui : la semaine, il est occupé de neuf heures du matin jusqu'à dix heures du soir, il donne dix leçons dans différentes maisons ; le vendredi et le samedi, je passe peu de temps à la maison, ce qui fâche beaucoup Finkelman. Comme c'est un temps qu'il consacre à la lecture, il voudrait que je reste toute la journée assis à côté de lui à lui prononcer des mots russes : il me tient, à la vérité, pour un mauvais homme. Mais qu'y

און אַוועקגעפֿאָרן. די קימפּעטאָרין ,בין איך זיך משער, האָט געמוזט שטאַרק וויינען דאַמאָלס.

און אַז ער האָט גערעדט פֿונעם קינדס טויט, האָב איך באַמערקט, אַז ער אין צופֿרידן דערפֿון, וואָס דאָס קינד איז געשטאָרבן. רעדנדיק וועגן דעם מיט מיר, האָט ער זיך אַפֿילו אַרויסגעכאַפּט מיט אַ „סלאַוואַ באָגו“ (געלויבט איז גאָט). נאָר אינמיטן האָט ער זיך אַוודאי דערמאָנט, אַן ער איז צופֿיל אָפֿנהאַרציק מיט מיר, און ער האָט דאָס וואָרט „באָגו“ פֿאַרשלונגען.

איך פֿאַרשטיי, אַז דער טעות זײַנער קומט דערפֿון, וואָס ער רעדט רוסיש ; ווײַל ער מוז שטאַרק אַרבעטן מיטן קאָפּ זײַנעם, כּדי ער זאָל זיך קאָנען אויסדריקן אויף אַ פֿרעמדער שפּראַך, דעריבער פֿאַרגעסט ער זיך אינמיטן. און צופֿרידן פֿון קינדס טויט איז ער איבער גאָר אַ פּשוטן טעם : דער גט וועט אים אָנקומען גרינ־גער.

דאָס אַלץ בין איך געוואָר געוואָרן נאָך פֿאַר דרײַ וואָכן פֿרײַטיק, ווען איך האָב מיר דאָ אַרײַנגעצויגן. פֿון דאַמאָלס אָן האָב איך נישט אָפּט מיט אים לאַנג גע־רעדט : אַ גאַנצע וואָך אין ער טאַקע פֿאַרנומען פֿון נײַן אין דער פֿרי ביז צען אויף דער נאַכט, ער האָט צען לעקציעס אויף פֿאַרשיידענע גאַסן, פֿרײַטיק־שבת זיץ איך וויניק אין דער היים, און פֿינקעלמאַן איז אויף מיר זייער בייז. ער לעזט דאַמאָלס און וויל, אַז איך זאָל

puis-je ? Il faudrait dans l'idéal que je le trouve un autre logement.

Le matin, quand il s'en va, je ne suis pas encore levé. Le soir, il rentre tard, pousse quelques soupirs bien sentis et se lance dans des récriminations contre les parents qui l'emploient, qui calculent son salaire sur un mois de travail du calendrier russe, plus long que celui du calendrier juif, et autres choses de ce genre. Il termine toujours avec sa petite histoire de celui qui lui doit depuis deux mois huit roubles et lui, Finkelman, ne les lui réclame pas, car il sait qu'il est pauvre... C'est ce qu'il dit en tout cas. Est-ce que je sais, moi, si c'est la vérité ? Mais dès qu'il en arrive à cette anecdote, je sais qu'il a terminé, qu'il va dîner et que je n'aurai plus besoin d'acquiescer de la tête – si je ne le fais pas, il m'en veut et me regarde d'un air si épouvantablement mauvais, avec rage même... je ne peux pas supporter ça. Il est devenu beaucoup plus froid à mon égard. Même s'il continue à me remercier avec force cabrioles, dans sa langue à lui, chaque fois qu'il me demande de lui traduire un mot russe, il

אַ גאַנצן טאָג זיצן בײַ אים און אויסריידן די רוסישע ווערטער — ער האַלט מיך אין דער אמתן פֿאַר אַ שלעכטן מענטשן. וואָס קאָן איך טון ? ס׳וואָלט אַ יושר געווען צו דינגען אַן אַנדער דירה.

אין דער פֿרי גייט ער אַוועק, ווען איך שלאָף נאָך. אויף דער נאַכט קומט ער אַהיים שפּעט, זיפֿצט אָפּ אַ פּאָר מאָל און הויבט זיך אָן צו קלאָגן אויף די בעלי־הבתּים, וואָס רעכענען אויפֿן רוסישן חודש, וואָס איז גרעסער פֿאַרן ייִדישן און דאָס גלײַכן אַזעלכע זאַכן. ענדיקט ער שטענדיג מיט דער אייגענער מעשׂה פֿונעם בעל־הבית, וואָס איז אים שולדיק געבליבן פֿאַר צוויי חדשים אַכט רובל, און ער, פֿינקעלמאַן , מאָנט אים נישט, ווײַל ער ווייסט, אַז ער איז אָרעם... אַזוי זאָגט פֿינקעלמאַן. ווייס איך, צי זאָגט ער אמת ? נאָר קוים האַלט ער בײַ דער מעשׂה, ווייס איך, אַז ער ענדיקט שוין, אַז ער גייט שוין עסן וועטשערע, און איך וועל נישט דאַרפֿן צושאָקלען מיטן קאָפּ, אַז נישט — האָט ער פֿאַראיבל און קוקט אויף מיר אַזוי מוראַדיק שלעכט, מיט רציחה אַפֿילו . . . און איך קאָן דאָס נישט לײַדן. ער איז בכּלל אַ סך קאַלטער צו מיר, ווי ער איז געווען, כאָטש רוסישע ווערטער פֿרעגט ער און דאַנקט אַלץ מיטן אייגענעם לשון און שפּרינגט אונטער, נאָר אין זײַן האַרצן האָט זיך שוין אַ סך שׂינאה אָנגעזאַמלט קעגן מיר.

אין עסן זײַנעם דערקענט מען גוט, אַז ער איז געווען

a, au fond de son cœur, amassé beaucoup de haine à mon encontre.

À sa manière de manger, on reconnaît bien l'étudiant de yeshiva qui, pendant longtemps, était chaque jour nourri par une autre famille. Il regarde longuement son pain avant de le goûter, n'en laisse jamais une miette, fait des bruits de succion, comme si s'alimenter avait toujours été pour lui une affaire difficile, à laquelle son cerveau devait beaucoup travailler. Je ne parle pas de la manière de se procurer de la nourriture — à cela, tout le monde réfléchit —, je veux parler du fait de manger en soi, de porter la nourriture de la table à sa bouche. Cela, la plupart des gens le font sans réfléchir, mais un étudiant de yeshiva, lui, doit cogiter quand il mange.

Et puis un jour (si je ne me trompe pas, c'était il y a dix jours), il est rentré tout joyeux, les mains déjà tendues pour me saisir les épaules, puis il s'est ravisé. Il s'est assis et m'a regardé longuement dans les yeux, l'air grave et comme en demande.

— Pourquoi avez-vous si peu d'amitié pour moi ? m'a-t-il interrogé.

אַ ישיבֿה־בחור און האָט לאַנג געגעסן טעג.

ער קוקט אַזוי לאַנג אויפֿן ברויט, איידער ער עסט עס, לאָזט קיינמאָל נישט איבער, שמאָטשקעט מיטן מויל, אַקוראַט ווי דאָס עסן וואָלט בײַ אים שטענדיק געווען אַ שווערער ענין, איבער וועלכן דער מוח זײַנער האָט אַ סך געאַרבעט. איך מיין נישט, ווי אַזוי צו קריגן עסן: אויף דעם קלערט דאָך יעדערער; איך מיין: דאָס עסן אַליין, דאָס איבערטראָגן די שפּײַז פֿון טיש אין מויל אַרײַן, דאָס טוען דאָך מענטשן כּסדר אָן טראַכטן און קלערן ; אַ ישיבֿה־בחור מוז אַוודאי קלערן און עסן.

איינמאָל (אויב איך האָב קיין טעות נישט, איז עס געווען פֿאַר צען טאָג) קומט ער אַהיים עפּעס זייער לוסטיק, ער האָט שוין געהאַלטן גרייט די הענט אַרויפֿצולייגן אויף מײַנע אַקסלען, נאָר ער האָט זיי צו־ריקגענומען. ער האָט זיך אַנידערגעזעצט, געקוקט מיר לאַנג אין די אויגן אַרײַן עפּעס גאָר ערנסט און אַ ביסל מיט אַ געבעט.

— פֿאַרוואָס זענט איר מיר אַ שלעכטער פֿרײַנט ?
— האָט ער געפֿרעגט.

איך האָב פֿאַרשטאַנען, אַז ער וויל עפּעס פֿונעם האַרצן אַראָפּרעדן, עפּעס גוטס, פֿריילעכס, און מאַכט דערצו אַ הקדמה, איך האָב אים פֿאַרזיכערט, אַז איך בין אים נישט קיין שלעכטער פֿרײַנט.

— איר זענט מיר אַ גוטער פֿרײַנט ? — האָט ער

J'ai compris qu'il voulait me confier quelque chose, une bonne et joyeuse nouvelle, et que cette question n'était qu'un préambule. Je l'ai donc assuré que j'avais de l'amitié pour lui.

— Alors, nous sommes bons amis ? a-t-il dit, si transporté qu'il s'est mis à parler yiddish. Voyez-vous, je l'ai toujours su. Vous avez tant de bonté ! Je vous aime tellement, mon cher ami ! Pourquoi ne voulez-vous pas m'apprendre le russe ? Vous voyez ? (Il a sorti un livret de caisse d'épargne pour me le montrer.) Dieu soit loué, déjà cinquante roubles. Aujourd'hui, j'ai déposé dix roubles. Ah, quand j'aurai rassemblé cent roubles !

— Alors quoi ? ai-je demandé.

— Ah, dès que je les aurai, je partirai pour l'Amérique.

— Pourquoi l'Amérique ?

Il a levé les yeux au ciel avec une mine pieuse :

— Voyez-vous, mon cher ami, j'ai envoyé aujourd'hui un message à la maison pour dire que je partais pour l'Amérique, et qu'elle resterait une femme abandonnée, sans possibilité de remariage. Qu'elle divorce ! En

געזאָגט און איז אַזוי אַנטציקט געוואָרן, אַן ער האָט אָנגעהויבן צו רעדן ייִדיש.

— זעט איה, איך האָב באַלד געוווּסט. איר זענט אַזאַ גוטער ! איך האָב אײַך אַזוי ליב, מײַן ליבער פֿרײַנט ! פֿאַרוואָס ווילט איר מיך נישט לערנען רוסיש ? זעט איר (ער האָט אַרויסגענומען אַ ביכל פֿון דער רעגירונגס־שפּאָר־קאַסע און מיר געוויזן) ? געלויבט צו גאָט — שוין פּופּציק רובל. הײַנט האָב איך אַרײַנגעלייגט צען רובל. אַ ! אַז איך וועל אָנזאַמלען הונדערט.

— וואָס וועט זײַן ? — האָב איך געפֿרעגט.

— אַ־אַ! לאָמיך נאָר האָבן, איך וועל אַוועק קיין אַמעריקע.

— וואָס טויג אײַך אַמעריקע?

ער האָט פֿאַרגלאָצט די אויגן, געמאַכט אַ פֿרומע מינע און געזאָגט :

— זעט איה, מײַן ליבער פֿרײַנט, איך האָב ערשט הײַנט באַפֿוילן אַהיים, אַז איך פֿאָר קיין אַמעריקע, און זי וועט בלײַבן אַן אגונה. לאָז זי זיך גטן ! וואָס בין איך שולדיק?

איך האָב פֿאַרשטאַנען, אַז אין דער אמתן וויל ער נישט פֿאָרן קיין אַמעריקע, נאָר ער זאָגט אַנדערע און רעדט זיך אַליין אַזוי אײַן, כּדי זײַן ווײַב זאָל זיך דער־שרעקן און נעמען פֿון אים אַ גט. ער דערציילט אַוודאי

quoi est-ce ma faute ?

J'ai compris qu'en fait, il n'avait aucune envie d'aller en Amérique, mais tenait un autre discours et s'en persuadait lui-même afin que sa femme prenne peur et accepte le divorce. Pour sûr, à force de raconter cette histoire à tout le monde, il commençait lui-même à y croire. Il est doué pour mentir : avec le visage, avec les mains et même avec le cœur. Ca lui donne l'air d'un enfant.

J'en suis le premier surpris, mais c'est pourtant vrai : je l'aime mieux quand il ment que quand il dit la vérité. Ce doit être parce qu'il se confie trop facilement et que ses bavardages dévoilent la laideur de son cœur ; c'est si insoutenable que, dans ces moments-là, je serais prêt à lui traduire cent mots russes pour qu'il se mette à mentir un peu, que ses yeux et son visage prennent un tour plus affable.

Ce soir-là, il était très gentil avec moi : il m'a secoué plusieurs fois les épaules, répétant à qui mieux mieux son « *vi kharoshi gospodin* ». Au beau milieu de son discours, il m'a raconté que, six mois auparavant, on l'avait embobiné pour le faire revenir, on lui avait envoyé un

יעדערן אַזוי און הויבט אַליין אָן צו גלויבן דערינען.

ער זאָגט בכלל גאָר ווייל ליגנס: מיטן פּנים, מיט די הענט און מיטן האַרצן אַפּילו, ער מאַכט דאַמאָלס אַן אײַנדרוק פֿון אַ קינה.

עס איז מיר אַפּילו אַ ווונדער און דאָך איז עס אַזוי: אַז ער זאָגט ליגנס, האָב איך אים אַ סך ליבער, ווי אַז ער זאָגט אמת. עס מוז זײַן דעריבער, ווײַל ער איז גאָר צופּיל אָפּנהאַרציק, און אַז ער רעדט אַ סך און ווײַזט אַרויס זײַן פֿאַרברודיקט האַרץ, איז שווער צו פֿאַר־טראָגן, און איך וואָלט אים דעמאָלס הונדערט רוסישע ווערטער פֿאַרטײַטשט, אַבי ער זאָל אָנהויבן אַ ביסל ליגנס צו זאָגן, כּדי די אויגן און דאָס פּנים זײַנס זאָלן ווערן ליבלעכער.

יענע נאַכט אין ער מיט מיר גאָר גוט געווען: אַ פּאָר מאָל מיך אָנגענומען פֿאַר די אַקסלען און געטרייסלט; גאָר אַ סך מאָל איבערגעחזרט: „ווי כאַראָשי גאָספּאָדין“. אין מיטן די רייד האָט ער מיר דערציילט, אַז פֿאַר זעקס חדשים האָט מען אים אַהיים געגאַרט, מען האָט געקלאַפּט אַ טעלעגראַם צו אים, אַז די מוטער זײַנע איז געשטאָרבן. דאָס ווײַב אין דער היים האָט אים שטאַרק גענומען בײַם האַרצן, ער איז אַ פּאָר טאָג אין דער היים געזעסן און געוווינט מיטן ווײַב . . . ער האָט שוין געוואָלט נעמען צוויי הונדערט רובל, נאָר דער שווער מוז זײַן אַ גרויסער אָרעמאַן: מען האָט

télégramme disant que sa mère était morte. Il s'était pris de tendresse pour sa femme, était resté quelques jours à la maison et avait vécu avec elle… Il était déjà prêt à ne prendre que deux cents roubles, mais le beau-père doit être un vrai traîne-misère : il n'avait rien obtenu et était retourné à Varsovie…

— Vous savez, mon cher ami, m'a-t-il dit, étendu sur le lit avec une grimace de satisfaction qui accusait encore le pointu de son nez. Vous savez, j'ai eu peur, vous comprenez… que quelque chose ne naisse de mon séjour à la maison… Un autre enfant, c'est tout ce qui me manque ! Maintenant j'en suis sûr. Vous voyez ? Dites, mon cher ami, c'est bien vrai ? S'il y avait quelque chose, elle me l'aurait écrit, n'est-ce pas ? N'est-ce pas ? Dites, mon cher ami !

Il me suppliait de lui confirmer que sa femme n'était pas enceinte.

— Qu'en pensez-vous ? a-t-il encore dit avec une sorte d'excitation dans les yeux. Qu'en pensez-vous ? Une bonne petite femme… On lui pincerait les joues, je ne vous dis que ça… Aaah !

אים גאָרנישט געגעבן, און ער איז צוריק אַוועק קיין וואַרשע . . .

— איר ווייסט, מײַן ליבער פֿרײַנט, — האָט ער צו מיר געזאָגט, ליגנדיק אויסגעצויגן אויפֿן בעט, און ער האָט דאָס פּנים פֿאַרקרימט פֿאַר גרויס נחת. די נאָז האָט דעמאָלט אויסגעזען נאָך שפּיציקער, ווי זי איז. — איר ווייסט, איך האָב מורא געהאַט, פֿאַרשטייט איר . . . עס זאָל נישט עפּעס געבוירן ווערן פֿון מײַן אינדערהיים־זײַן . . . אַ נײַ קינד ברויך איך ! איך ווייס שוין איצט אויף זיכער. זעט איר ? זאָגט, מײַן ליבער פֿרײַנט, נישט אמת ? אַז ס׳וואָלט עפּעס געווען, וואָלט זי דאָך מיר געשריבן, אַז ס׳איז . . . נישט אמת ? נישט אמת ? זאָגט, מײַן ליבער פֿרײַנט !

ער האָט געבעטן בײַ מיר אַ הסכּמה, אַז דאָס ווײַב זײַנס טראָגט נישט.

— וואָס מיינט איר ? האָט ער ווײַטער געזאָגט און עפּעס אַ רייץ האָט פֿאַרצויגן די אויגן זײַנע. — וואָס מיינט איר? א ווויל ווײַבעלע . . . אירע באַקן צו קנייפּן, איך זאָג אײַך — אַ ! אַ !

מיר האָבן נאָך אַ סך גערעדט. איך בין געוואָר געוואָרן, אַן ער אין הײַנט אַן אַפּיקורס, דאַוונט נישט אַפֿילו. גערעדט האָט ער וועגן זײַן אמונה מיט כּעס, געזידלט, אַן מען האָט אים אויסגענאַרט. אַ סך מאָל האָט ער איבערגעחזרט דאָס וואָרט „אָבמאַנשטשיקי“

Nous avons encore beaucoup parlé. J'ai découvert qu'il était devenu mécréant, qu'il ne priait même plus. Il parlait de sa foi avec colère, vitupérant qu'on l'avait dupé. Il répétait sans cesse le mot « *obmanshtshiki* » (escrocs). Il m'a aussi raconté que l'hiver dernier, alors qu'il était encore pratiquant, il n'avait pu accepter de donner une leçon le matin à cause de ses prières, ce qui le rendait maintenant furieux. Il avait calculé que, pour le semestre, il aurait gagné vingt-quatre roubles. Et aujourd'hui, avec les cinquante qu'il y a sur son livret, cela ferait soixante-quatorze roubles.

Aujourd'hui, quand je suis rentré vers vingt heures, j'ai été très étonné de voir que Finkelman était déjà rentré et j'ai tout de suite perçu sur son visage quelque chose d'inhabituel : il était si troublé qu'il n'a pas même répondu à mon bonsoir.

Assis à table, il s'agitait nerveusement sur sa chaise en se mordant les lèvres et tripotait une sorte de carte postale. Quand, de temps à

(אויסנאַרערס). ער האָט מיר אויך דערציילט, אַן פּאַר אַ יאָרן ווינטער, ווען ער איז נאָך פּרום געווען, האָט ער איבער דעם דאַוונען נישט געקאָנט אָננעמען אַ פּריי־מאָרגנדיקע לעקציע, און ער אין דערויף זייער בייז.

ער האָט אויסגערעכנט, אַז דורכן זמן וואָלט ער געהאַט פיר און צוואַנציק רובל. און הײַנט צוזאַמען מיט די פּופּציק, וואָס ער האָט אויפּן ביכל, וואָלט ער געהאַט פיר און זיבעציק רובל.

❖

הײַנט אויף דערנאַכט אַכט אַזייגער, ווען איך בין אַהיים געקומען, האָב איך זיך זייער פאַרוווּנדערט, וואָס איך האָב שוין געטראָפן פינקעלמאַנען און דערקענט אין זײַן פּנים, אַז דאָס איז עפּעס נישט אַזוי גלאַט, ער האָט מיר אַפילו נישט געענטפערט אויף מײַן „גוטן אָוונט“, אַזוי צעטראָגן איז ער געווען.

ער איז געזעסן בײַם טיש, זייער געביסן די ליפּן און נערוועז זיך איבערגעזעצט אַלע ווײַלע אויפן בענקל. אין דער האַנט האָט ער געדרייט עפּעס אַ פּאָסט־קאַרטל. אויף מיר האָט ער אַלע ווײַלע אויפגעהויבן די אויגן, און אין זײַן בליק איז געווען צו דערקענען אַ שווערער ווייטאָג, אַ האַרצקלעמעניש. איך האָב דערקענט, אַז ער האָט געוויינט, און אַז איצט האַלט ער זיך קוים אײַן פון וויינען. איך האָב אים געפרעגט:

autre, il levait les yeux sur moi, il y avait dans son regard une grande douleur, comme un tourment. Je me suis rendu compte qu'il avait pleuré et qu'il était encore au bord des larmes. Je lui ai demandé :

— Que vous arrive-t-il, Finkelman ?

Il a fait mine de ne pas m'entendre et a détourné la conversation :

— Comment allez-vous, mon cher ami ?

Mais ces derniers mots n'avaient pas été prononcés avec beaucoup d'allant. Les larmes lui serraient la gorge. Il voyait bien lui-même que je le sentais sur le point de pleurer.

— Par tous les diables ! s'est-il exclamé en frappant du poing sur la table. Il a sorti sa bourse, a fait le compte de la petite monnaie qu'il avait en sa possession et a dévalé les escaliers (nous habitons au troisième étage). Quelques secondes plus tard, il était de retour, à bout de souffle : il avait dû faire l'aller-retour en courant. Il avait dans les mains une double carte postale, avec réponse prépayée, qu'il venait d'acheter à la boutique.

Il s'est installé à table sans rien dire et s'est mis à écrire des adresses sur la double carte :

— וואָס איז אייַך פּינקעלמאַן ?

ער האָט מיר נישט געענטפערט, געמאַכט זיך נישט הערנדיק און געוואָלט רעדן גאָר פון אַן אַנדער זאַך :

— וואָס מאַכט איר, מייַן ליבער פרייַנט?

נאָר די לעצטע ווערטער האָט ער נישט שאַרף אַרויסגערעדט. די טרערן האָבן אים געשטיקט אין האַלדז. ער אַליין האָט באַמערקט, אַז איך פיל זייַנע טרערן.

— אַ שוואַרץ יאָר ! — האָט ער אַ קלאַפּ געטאָן מיט דער האַנט אין טיש, אַרויסגענומען דאָס בייַטעלע, דורכגעציילט דאָס קליין־געלט, וואָס האָט זיך ביי אים געפונען און איז אַראָפּגעלאָפן פון די טרעפ (מיר ווינען אויפן פערטן שטאָק), אין אַ פּאָר סעקונדעס אַרום איז ער שוין געווען און האָט שווער געאָטעמט : ער האָט אַוודאי געמוזט לויפן אַהין און צוריק. געהאַלטן האָט ער אין דער האַנט אַ דאָפּלט־קאַרטל, וואָס ער האָט געקויפט אין געוועלב.

ער האָט זיך אַנידערגעזעצט בייַם טיש, גאָרנישט גערעדט און אָנגעשריבן אַדרעסן אויף דעם דאָפּלט־קאַרטל : איין אַדרעס, וווהין ער האָט געברויכט, דעם אַנדערן אַוודאי צו זיך. דערנאָך האָט ער אַרויסגענומען פון וועסטל־קעשענע דאָס ערשטע קאַרטל, וואָס ער האָט דערהאַלטן, און איך האָב באַמערקט, אַז ער לעזט

celle à laquelle il destinait sa missive et, bien sûr, la sienne. Puis il a sorti de la poche de sa veste la première carte, celle qu'il avait reçue, et j'ai pu constater qu'il la lisait avec une grande application, s'arrêtant à chaque ligne et à chaque mot. Il a poussé un lourd soupir avant de commencer à rédiger sa lettre.

Il écrivait avec fièvre, comme quelqu'un qui veut se libérer d'un fardeau, et son visage se transformait à chaque ligne. Cela devait lui soulager le cœur.

Il a longuement fait sécher la carte au-dessus de la lampe, la tournant et retournant en tout sens. Ensuite seulement il l'a posée sur la table, avec un regard que je ne sais comment qualifier. Je me rappelle maintenant qu'à la mort de mon père – j'étais alors encore enfant –, après l'avoir mis en terre, le bedeau s'est approché de nous, les enfants, et a déchiré le revers de nos vêtements. Mon plus jeune frère, je m'en souviens, a pris le revers déchiré dans ses mains, l'a tourné dans tous les sens et observé sous tous les angles. Il scrutait ce revers avec ce même regard qu'avait Finkelman il y a quelques heures, alors qu'il fixait sa carte ;

עס מיט גרויס כּוונה, יעדע שורה און יעדעס וואָרט באַ־זונדער. ער האָט שווער אָפּגעזיפּצט און גענומען שרײַבן דעם בריוו.

געשריבן האָט ער מיט אַ אימפּעט, ווי איינער, וואָס האָט אַ משׂא פֿון זיך אַראָפּצוּוואַרפֿן, און זײַן פּנים האָט זיך מיט יעדער שורה געענדערט. אים האָט געמוזט לײַכטער ווערן אויפֿן האַרצן פֿונעם שרײַבן.

דאָס אָנגעשריבענע קאַרטל האָט ער לאַנג געטריקנט איבערן לאָמפּ, געדרייט עס אַהין און צוריק. דערנאָך ערשט האָט ער עס אַנידערגעלייגט אויפֿן טיש און געקוקט דערויף עפּעס מיט אַ מין בליק, וואָס איך ווייס נישט, ווי מען רופֿט אים אָן. איך דערמאָן מיר איצט, אַן בײַ מײַן טאַטנס טויט, ייִנגלווײַז נאָך, אַז מײַן טאַטע איז שוין געווען צוגעשיט, איז דער שמשׂ צוגעקומען צו אונדז קינדער און האָט יעדן אײַנגעשניטן די קליאַפּע. מײַן קלענערער ברודער, געדענק איך, האָט גענומען די צעריסענע קליאַפּע אין דער האַנט, געדרייט זי אַהין און צוריק און באַטראַכט פֿון אַלע זײַטן. געקוקט אויף דער קליאַפּע האָט ער מיט דעם זעלבן בליק, וואָס פֿינקעלמאַן פֿאַר עטלעכע שעה אויף דעם קאַרטל: מיט אַ טיפֿן אומעט, נאָר אַ ביסל פֿאַרוווּנדערט: „ווי קומט עפּעס די קליאַפּע דערצו?“

ער איז נאָך געזעסן אַ ביסל און באַטראַכט דאָס קאַרטל. דערנאָך האָט ער זיך פּאַמעלעך אויפֿגעהויבן פֿון

un regard d'une profonde tristesse, teinté d'un peu d'étonnement : « Mais que vient faire ce revers là-dedans ? »

Il est resté un moment assis, les yeux rivés sur sa carte. Puis il s'est levé lentement, s'est dirigé vers sa malle et en a sorti un paquet de lettres, parmi lesquelles se trouvaient plusieurs doubles cartes.

Il en a lu quelques-unes. Puis il a ajouté celle qu'il venait d'écrire au paquet et a remis le tout dans sa malle.

Il était déjà un peu plus calme. La carte qu'il avait reçue était encore posée face contre la table :

— Lisez donc, mon ami !

Voici ce qu'elle dit (je l'ai sous les yeux) :

« Mon cher et honorable Yankev Yehude, longue vie à toi,

Premièrement, je t'écris pour t'informer que je suis en bonne santé, et me souhaite d'entendre pareilles nouvelles de ta part pour l'éternité, *omeyn selo*.

Deuxièmement, je t'écris car je n'ai plus la force de pleurer, je n'avais pas de quoi acheter une carte, j'ai dû emprunter. Mon cher époux,

אָרט, צוגעגאַנגען צום קעסטל זײַנעם און אַרויסגענומען פֿון דאָרט אַ פּעקל בריוו, צווישן וועלכע עס זײַנען געווען עטלעכע דאָפּלט־קאַרטלאַך.

אַ פּאָר בריוו האָט ער געלעזן. דערנאָך האָט ער דאָס הײַנט־אָנגעשריבענע דאָפּלט־קאַרטל צוגעלעגט צום פּאַק בריוו און האָט עס צוריק אַרײַנגעלייגט אין קעסטל.

ער איז שוין געווען אַ ביסל רויִקער. דאָס קאַרטל, וואָס ער האָט באַקומען, איז נאָך געלעגן אויפֿן פּנים :

— לייענט מײַן פֿרײַנט !

אין בריוול שטייט אַזוי (איך האָב דאָס איצט פֿאַר מײַנע אויגן) :

„ליבער, געטרײַער מאַן יעקבֿ יהודה נ״י.

„ערשטנס, שרײַב איך דיר פֿון מײַן ליבן געזונט, דאָס נעמלעכע ווינטש איך מיר צו הערן פֿון דיר ביז אייביק, אָמן סלה.

„צווייטנס, שרײַב איך דיר, איך האָב שוין נישט קיין כּוח צו וויינען און איך האָב נישט געהאַט אויף אַ קאַרטל, האָב איך מיר געבאָרגט, מײַן ליבער מאַן, וואָס בין איך שולדיק אַקעגן דיר. אַז איך וועל קומען קיין וואַרשע, וועל איך עסן ברויט און זאַלץ און פֿאַדלאָגעס וואַשן. און איך בעט דיך, שרײַב, איך זאָל קומען און שיק מיר אויף דער הוצאה. גאָט וועט דיר צושיקן ברכה און פּרנסה דורך מיר. איך שרײַב שוין דאָס פֿינפֿטע

quel tort t'ai-je fait ? Si je viens à Varsovie, je me nourrirai de pain et de sel et je nettoierai les planchers. Et je t'en supplie, écris-moi de venir et envoie-moi de quoi payer le voyage. Dieu t'enverra bénédiction et subsistance à travers moi. C'est déjà la cinquième carte que je t'envoie et je n'ai toujours pas reçu de réponse. Dieu t'aidera eu égard à mon mérite, aie pitié de moi et de mes jeunes années. *Omeyn selo*.

Ta femme, qui espère te voir bientôt,

Zelde Finkelman. »

Sur le côté, avait été ajouté en toutes petites lettres :

« On nous a expulsés de l'appartement. Écris-moi de venir, je me débrouillerai pour les frais. Je ne sais pas quoi faire. Mon père est parti et je dors chez Rokhl, la fille de Khane. »

Quand j'ai eu fini de lire, il m'a longuement regardé dans les yeux. J'ai compris qu'il voulait m'entendre prononcer le verdict. Il se sentait très coupable.

— Prenez-la donc à Varsovie, ai-je avancé, est-ce que cela vous coûtera plus cher ?

Mais il ne m'a pas laissé finir.

— Comment donc ? Sans un sou ! Elle m'a

קאַרטל צו דיר, און איך האָב נישט קיין בריוו באַקומען. גאָט וועט דיר העלפֿן אין מײַן זכות, און האָב רחמנות אויף מיר און אויף מײַנע יונגע יאָרן. אָמן סלה".

„דײַן ווײַב, וואָס האָפֿט זיך צו זען מיט דיר,
זעלדע פֿינקעלמאַן".

אין דער זײַט אין צוגעשריבן מיט גאָר קליינע אותיות:

„מען האָט אודזן פֿון דירה אַרויסגעוואָרפֿן. שרײַב, איך זאָל קומען, איך וועל מיר שוין שאַפֿן אויף דער הוצאה. איך ווייס נישט, וואָס מען טוט ? דער טאַטע איז אַוועקגעפֿאָרן, און איך שלאָף בײַ רחל חנהס".

אַז איך האָב געענדיקט צו לעזן, האָט ער מיר לאַנג געקוקט אין די אויגן אַרײַן. איך האָב פֿאַרשטאַנען, ׳אַז ער וויל הערן פֿון מיר זײַן משפּט. ער האָט זיך געפֿילט זייער זינריק.

— נעמט זי קיין וואַרשע — האָב איך געפּרווּוט — וואָס וועט אײַך דען קאָסטן טײַערער ?

ער האָט מיך אָבער נישט געלאָזט ענדיקן.

— ווי הייסט? אָן אַ גראָשן געלט ! דרײַ הונדערט רובל האָט זי מיר צוגעזאָגט ! וואָס האָט זי מיך געהאַט אויסצונאַרן ? איך האָב אַכט יאָר געלערנט אין לאָמז־שע, אַכט יאָר ! (ער האָט צוגעקלאַפּט מיטן פֿויסט אין טיש). אויף דער האַרטער באַנק געשלאָפֿן און געפֿאַסט האָב איך, און מיך האָט מען געשלאָגן ! אַצינד פֿרעג

pourtant promis trois cents roubles ! Qu'avait-elle besoin de me berner ? J'ai étudié huit ans à Lomza, huit ans ! (et il tapait du poing sur la table). Je dormais sur le banc dur de la maison d'étude, je jeûnais et on me battait ! Maintenant je vous le demande : dans quel but ? Tout cela pour un mariage sans un sou de dot ! Sans un sou !

J'avais bien besoin de huit ans d'humiliation et de misère pour un mariage sans un sou de dot, sans un sou ! Est-ce ma faute, à moi, s'il a une fille ? Allons, dites-moi vous-même, dites-moi donc, en quoi est-ce ma faute s'il a une fille ? En quoi est-ce ma faute ?

— Mais ce n'est pas sa faute à elle non plus ! ai-je risqué.

Finkelman m'a arraché la carte des mains. J'ai vu qu'il en avait à nouveau gros sur le cœur. Il s'est mis à la relire mais, en plein milieu, a éclaté en sanglots :

— En quoi est-ce ma faute ? gémissait-il tout haut en se frappant la poitrine. En quoi est-ce ma faute ?

Il a couru à sa malle, en a ressorti le paquet de lettres qu'il venait de ranger.

איך אײַך: צו וואָס? איך זאָל טאָן אַ שדוך אָן אַ גראָשן געלט! אָן אַ גראָשן!

. . . האָב איך געברויכט אַכט יאָר פֿאַרשוואַרצט און פֿאַרפֿינצטערט צו ווערן, איך זאָל טאָן אַ שדוך אָן אַ גראָשן געלט, אָן אַ גראָשן געלט! . . . אַז ער האָט אַ טאָכטער, בין איך שולדיק? נו, זאָגט אַליין, זאָגט אַדרבה, וואָס בין איך שולדיק, אַז ער האָט אַ טאָכטער? וואָס בין איך שולדיק?

— זי אין דאָך אָבער אויך נישט שולדיק! — האָב איך געפּרוּווט.

פֿינקעלמאַן האָט מיר אַרויסגעכאַפּט זײַן ווײַבס קאַרטל פֿון דער האַנט. איך האָב געזען, אַן אויפֿן האַרצן ווערט אים ווידער שווער. ער האָט נאָך אַמאָל אָנגעהויבן צו לעזן דאָס קאַרטל, נאָר אין מיטן האָט ער זיך הויך פֿאַרוויינט:

— וואָס בין איך שולדיק?! האָט ער געכליפּעט הויך אויפֿן קול און צוגעקלאַפּט זיך מיט דער פֿויסט אין האַרצן.

— וואָס בין איך שולדיק?!

ער אין צוגעלאָפֿן צום קעסטל, אַרויסגענומען דעם פּאַק בריוו, וואָס ער האָט ערשט נישט לאַנג געהאַט אַרײַנגעלייגט.

— זעט, — האָט ער געזאָגט, און מיר דערלאַנגט דעם פּאַק בריוו, — זעט אַליין: שוין צען בריוו האָב איך

— Voyez, m'a-t-il dit en le tendant dans ma direction, voyez vous-même : cela fait dix fois que je lui écris de venir ! Des doubles cartes, où je lui demande de me dire quand je dois venir la chercher. Elles sont là, je ne les envoie pas... Vous croyez peut-être que je ne savais pas que je n'enverrais pas celle d'aujourd'hui ? Je le savais : j'aurais bien pu envoyer une des anciennes ! Je le savais... Allez-y, lisez.

De sa carte à sa femme, j'ai retenu les mots suivants : « Ma chère âme, je suis coupable envers toi, mon cher ange, viens, pour l'amour de Dieu, viens tout de suite. Tu me manques tellement, je ne peux pas vivre sans toi », et autres paroles de la même eau.

— J'en ai déjà pour plus de cinquante kopeks en messages !

Il était désormais calmé et s'apprêtait à dîner.

— Je sais bien que c'est de l'argent jeté par la fenêtre, et cela me serre le cœur, mon cher ami, de devoir gaspiller de l'argent pour cela, vous comprenez, je dois dépenser de l'argent... je dois... Mais dites-moi vous-même, que veulent-ils de moi ? En quoi est-ce ma faute ?

איר געשריבן, אַז זי זאָל קומען ! דאָפּלט־קאַרטלאַך, זי זאָל צוריק שרײַבן, ווען כ׳זאָל זי אָפּוואַרטן. דאָ ליגן זיי — איך שיק זיי נישט אַוועק . . . איר מיינט אפֿשר, איך האָב נישט געוווּסט, אַן איך וועל דעם היינטיקן בריוו נישט אַוועקשיקן ? איך האָב געוווּסט : איך האָב דאָך געקאָנט אַוועקשיקן אַן אַלטן בריוו ! איך האָב געוווּסט . . . נאָט לייענט :

פֿון זײַן קאַרטל צו זײַן ווײַב, געדענק איך איצט די ווערטער: „מײַן טײַערע נשמה, איך בין זינדיק קעגן דיר, מײַן טײַער לעבן, קום, למען־השם, באַלד צו פֿאָרן. איך בענק זייער נאָך דיר, איך קאָן אָן דיר נישט לעבן“ — און נאָך אַזעלכע ווערטער.

— דאָס קאָסט מיר שוין מער, ווי פֿופֿציק קאָפּיק־עס די בריוון — האָט ער געזאָגט. ער איז שוין געווען באַרויִקט און געגאַנגען עסן וועטשערע.

— איך ווייס, אַז ס׳איז אַרויסגעוואָרפֿן געלט, נאָר עס כאַפּט מיר אָן בײַם האַרצן, מײַן ליבער פֿרײַנט, איך מוז קאַליע מאַכן געלט דערויף, פֿאַרשטייט איר, איך מוז אויסגעבן געלט . . . איך מוז . . . נו, זאָגט אַליין, וואָס ווילן זיי פֿון מיר האָבן ? וואָס בין איך שולדיק ?

איך האָב אים נישט געענטפֿערט, ווײַל איך האָב פֿאַרשטאַנען, אַז עס איז בחינם ; ער אין שוין איצט געווען אין גאַנצן רויִק און האָט געקוקט אויפֿן ברויט און געלייגט די שטיקלעך אין מויל אַרײַן עפּעס מיט אַ

Je ne lui ai pas répondu, car j'ai compris que c'était peine perdue ; il était désormais tout à fait calme. Il regardait son pain et s'en fourrait des morceaux dans la bouche avec une douce satisfaction, aussi sûr de son bon droit qu'un fils unique longtemps désiré. Il s'est bientôt déshabillé pour aller dormir. Cet après-midi, il n'est pas allé donner ses leçons. La bonne m'a dit qu'elle l'avait vu tourner en rond toute la journée dans l'appartement en marmonnant tout seul, comme un esprit dérangé.

Il dort maintenant. Il ronfle bruyamment, il plisse le front et fait claquer ses lèvres… À quoi rêve-t-il ? Aux joues de sa femme, qu'il trouve si aaah ! belles à pincer ? Et à quoi rêve sa pauvre jeune épouse, qui dort dans un appartement où elle est de trop, vraisemblablement couchée par terre ? Est-ce qu'elle soupire dans son sommeil ? Est-ce qu'elle implore son mari d'avoir pitié d'elle en appelant à l'aide : « Ce n'est pourtant pas ma faute ! » ?

Si je voulais, maintenant, je pourrais prendre Finkelman à la gorge et l'étrangler, jusqu'à ce que la langue lui sorte. J'imagine que cracher sur un homme à la langue pendante, alors que

מין צופֿרידנקייט און זיסקייט, אַשטייגער, ווי ער וואָלט געווען אַן אויסגעבעטענער בן יחיד אויף דער גאַנצער וועלט. ער האָט זיך באַלד אויסגעטאָן און געלייגט שלאָפֿן. אויף די לעקציעס איז ער היינט נאָכמיטאָג נישט געווען. די דינסט האָט מיר געזאָגט, אַז אַ גאַנצן האַלבן טאָג האָט זי אים געזען לויפֿן איבער דער שטוב אַהין און אַהער און מורמלען עפּעס פֿאַר זיך, ווי משוגע.

איצט שלאָפֿט ער און כראָפּעט הויך, ער רונצלט זייער מיטן שטערן און שמאָטשקעט מיטן מויל . . . וואָס חלומט זיך אים? פֿון ווייַב מיט די שיינע באַקן, וואָס זיי צו קנייַפּן אין ביַי אים „אַ !“? און וואָס חלומט זיך נעבעך דעם יונגען ווייַבל, וואָס שלאָפֿט איצט אין אַן איינגעבעטענער דירה, אויף דער ערד אַוודאי ? זיפֿצט זי אין שלאָף ? בעט זי רחמים ביַי דעם מאַן אירן און שרייַט געוואַלד : „איך בין דאָך גאָר ניט שולדיק“ ? . . .

ווען איך וואָלט געוואָלט, קאָן איך צוגיין איצט צו פֿינקעלמאַנען , אָננעמען אים מיט מייַנע הענט פֿאַרן האַלדז און דערווערגן,ביז ער וועט די צונג אַרויסשטעקן. איך שטעל מיר פֿאָר, אַז אָנצושפּייַען אַ מענטשן אויף דער אַרויסגעשטעקטער צונג, בשעת ווען דאָס פּנים זייַנס פֿאַרקרימט זיך אין דער גסיסה, מוז זייַן אַ גרויס פֿאַרגעניגן, אַזוי ווי אַלע גרויסע עבֿירות . . .

און איך דערמאָן מיר זייַן אויסזען, זייַן וויינען און זייַן קלאַפּן זיך אויפֿן האַרצן: „וואָס בין איך שולדיק ?“

son visage se tord dans l'agonie, doit être un grand plaisir, comme tous les grands péchés...

Et voilà que je me rappelle son allure, ses larmes, ses coups de poing sur la poitrine : « En quoi est-ce ma faute ? » et je me dis que pendant ses huit années de yeshiva il a dû endurer les privations, la faim, les humiliations ; qu'il a passé bien des jours affamé, bien des nuits sans savoir où dormir, et qu'il a tout supporté en courbant l'échine, tout accepté sans rechigner, avec à l'esprit cette seule perspective heureuse : une femme avec une dot. Son imagination a passé huit longues années à embrasser cette femme, huit longues années à compter l'argent de la dot et à le transformer en belles affaires florissantes... Et en vérité, je commence à me demander qui est en faute ? Lui et sa mauvaise âme ou les dures épreuves qu'il a traversées et la sordide yeshiva ?

Et qu'entends-je par ces mots : « son âme » ?

La flamme de la lampe semble sur le point d'expirer.

און איך טראַכט, אז דורך די אַכט יאָר אין דער ישיבֿה האָט ער זיך געמוזט אָנלייַדן אַ סך נויט און הונגער און שאַנד ; אַז נישט איין טאָג האָט ער געהונגערט, נישט איין נאַכט האָט ער נישט געהאַט ווו צו שלאָפֿן, און פֿאַרטראָגן האָט ער אַלץ מיט אַן אייַנגעבויגענעם רוקן, אַלץ פֿאַר ליב גענומען, — און אין זייַן מוח איז נאָר איין און איינציקער פֿריילעכער געדאַנק געווען — אַ ווייַב מיט נדן.

זייַן פֿאַנטאַזיע האָט גאַנצע אַכט יאָר געקושט דאָס ווייַב, גאַנצע אַכט יאָר איבערגעציילט דאָס נדן־געלט און געמאַכט דערמיט גרויסע, גליקלעכע געשעפֿטן . . . און אין דער אמתן הויב איך אָן מסופּק צו זייַן, ווער עס איז דאָ באמת שולדיק ? צי ער, די נשמה זייַנע די שלעכטע, צי די צרות זייַנע די גרויסע, די ישיבֿה די פֿינצטערע ?

און וואָס מיין איך דאָס: „די נשמה זייַנע ?“

די לאָמפּ, דוכט זיך, גייט אויס.

HERSH DOVID NOMBERG

Hersh Dovid Nomberg (1876-1927) est un écrivain yiddish polonais dont l'itinéraire de jeunesse est tout à fait semblable à celui de nombre d'intellectuels de sa génération. Issu du système d'éducation juif traditionnel, il découvre à l'âge adulte la culture séculière, ainsi que les littératures européennes (en particulier russe, polonaise et allemande). Il écrit ses premiers textes en hébreu avant de basculer vers le yiddish sous l'influence de Peretz.

Auteur de nouvelles qui mettent en scène des personnages passifs et désenchantés, souvent en décalage avec leur environnement, il est aussi activement engagé dans la vie politique et les questions qui concernent l'identité juive, en particulier linguistique. Théoricien du « yiddishisme politique », il participe à la conférence de Czernowitz sur la langue yiddish en 1908 et se prononce en faveur d'une coexistence de l'hébreu et du yiddish comme langues nationales juives. En 1919 et 1920, il représente le parti folkiste et défend l'autonomie culturelle juive au Sejm, le Parlement polonais.

En traduction française

« Fliegelmann », traduit du yiddish par Delphine Bechtel, in Rachel Ertel (éd.), *Une maisonnette au bord de la Vistule et autres nouvelles du monde yiddish*, Paris, Albin Michel, 1989.

Fleur Kuhn-Kennedy est docteure en littérature comparée et spécialiste de la littérature yiddish. Elle a publié en 2015 *Le Disciple et le Faussaire. Imitation et subversion romanesques de la mémoire juive* et s'intéresse à la traduction comme forme d'écriture littéraire. Elle approche ces questions dans son "Entretien avec Batia Baum", publié en 2013 dans le volume collectif *Fin(s) du monde* (Bologne, Pendragon).

www.ingramcontent.com/pod-product-compliance
Lightning Source LLC
LaVergne TN
LVHW041714060526
838201LV00043B/732
* 9 7 9 1 0 9 6 6 7 7 0 8 5 *